初次谈论
不可思议的
生命

最好的告别

死亡大揭秘

[加]吉利安·罗伯茨◎文　　[加]辛迪·雷维尔◎图　　陈　瑾◎译

黑龙江美术出版社

黑版贸审字 08-2019-166 号

图书在版编目（CIP）数据

最好的告别：死亡大揭秘 /（加）吉利安·罗伯茨
（Jillian Roberts）文；（加）辛迪·雷维尔
（Cindy Revell）图；陈瑾译. -- 哈尔滨：黑龙江美术
出版社，2020.1
（初次谈论：不可思议的生命）
ISBN 978-7-5593-5730-4

Ⅰ. ①最… Ⅱ. ①吉… ②辛… ③陈… Ⅲ. ①儿童故
事—图画故事—加拿大—现代 Ⅳ. ① I711.85

中国版本图书馆 CIP 数据核字（2019）第 266681 号

What Happens When A Loved One Dies? : Our First Talk About Death
Text copyright © 2016 Jillian Roberts
Illustrations copyright © 2016 Cindy Revell
First published by Orca Book Publishers 2016.
All rights reserved.
The simplified Chinese translation rights arranged through Rightol Media　本书中文简体
版权经由小锐文化取得 Email:copyright@rightol.com

书　　名/ Zuihao de gaobie : siwang da jiemi
　　　　　最好的告别：死亡大揭秘
作　　者/ [加]吉利安·罗伯茨◎文 [加]辛迪·雷维尔◎图 陈瑾◎译
选题策划/ 小行星
责任编辑/ 颜云飞
特约编辑/ 陈　瑾
装帧设计/ 柯　桂
出版发行/ 黑龙江美术出版社
地　　址/ 哈尔滨市道里区安定街 225 号
邮政编码/ 150016
发行电话/（0451）84270524
经　　销/ 全国新华书店
印　　刷/ 湖北金港彩印有限公司
开　　本/ 16 开　　889mm×1194mm
印　　张/ 2.5
版　　次/ 2020 年 1 月第 1 版
印　　次/ 2020 年 1 月第 1 次印刷
书　　号/ ISBN 978-7-5593-5730-4
定　　价/ 39.00 元

本书如发现印装质量问题，请与本公司图书销售中心联系调换。
电话：（010）57126192

献给我的教子。

——吉利安·罗伯茨

献给 TK。

——辛迪·雷维尔

大自然中一切有生命的事物都是重要且意义非凡的。

海里的鱼、空中的鸟和森林里的动物都充满生机。

所有的生命都相互关联，目标统一。

当生物的生命到达尽头，联系就中断了。

生命凋零，我们称之为死亡。

死亡是什么？

死亡是指生物不再"活着"。一棵满是叶子或鲜花的树是活着的。在森林里倒下的一棵老树已经不再活着，它已经死亡。

人也会死吗？

会，人也是生物。我们的生命同样重要、意义非凡且相互关联。当我们来到生命的尽头，就会像森林里的老树一样死去。

人死后会发生什么？

人死后，身体会停止工作。
人会因年老、疾病甚至意外事故而死亡。

在被称为葬礼的仪式上，那些认识他和爱他的人聚集一堂，向他告别。

葬礼通常在宗教场所举行，如教堂、犹太教堂、清真寺和寺庙。

死的人会遭遇什么？
他们去哪儿了？

关于死后会发生什么有很多不同的观点。

许多文化认为人是由身体和灵魂组成的，即使身体凋零，灵魂仍然活着。

灵魂是什么？

灵魂决定着你会成为什么样的人，是你爱的印记。

人死后灵魂去哪儿了？

许多人认为灵魂去了来世，和其他灵魂聚在一起。

什么是来世？

许多文化认为来世是灵魂永居的一个充满快乐和爱的地方。有些宗教
称之为天堂。另一些宗教认为，灵魂会随我们以不同的形式重生或重返地球。

我会再次见到我爱的人吗?

死亡代表着一个人身体形态的消逝，意味着你再也见不到你爱的人。可他依然活在你的记忆里、思想里，甚至梦里。我们爱的人，以这样一种方式，永远成为我们的一部分。

我为什么这么悲伤？

当有人离世，悲伤和思念都是我们会产生的正常情绪。因为我们很难对心爱的人说再见。

我该怎么做才能感觉好点儿？

当你一直陷入思念亡人的悲伤时，不妨做些特别的事来纪念他。铭记和尊重生命，可以帮我们在他人死后继续生活下去。

　　死亡真的很难理解，关于我们死后会发生什么有很多不同的观点，可没有人明确知道答案。

我们只知道有一种东西把我们紧密联系，这是生命的奥秘之一。

还有几个问题

人死后身体会怎么处理?

我们常常认为人由身体和灵魂组成,没人知道死后灵魂会发生什么。死者的尸体通常被埋葬,或者在火葬中变成灰烬。不论哪种方式,都是用一种谨慎且特殊的方式来纪念逝者的生平。在许多文化中,这是一件神圣的事情。

什么是转世?

转世是指人在去世后,会以一种不同的形式回到地球。有些文化认为,一个灵魂可能要花好几辈子,在旅程中学习如何变得虔诚和睿智。灵魂不断成长,寻找善良和真理。

宠物死后会发生什么?

宠物是家庭中非常重要的一员,当宠物死亡,你也会感到悲伤。和人一样,它们的尸体会被埋葬或者火化。有些人认为宠物死后也会去天堂或者转世。另一些人认为自然界在不断循环出生和死亡,动物的身体是这个循环的重要环节。

什么是悲伤?

悲伤是当你爱的人或者宠物死亡时,你感觉到的失落和伤感。这可能很痛苦,但是没关系,悲伤是作为一个人的重要组成部分。通过悲伤这种情绪,给心灵一个治愈的机会。表达你的感受有助于宣泄悲伤,你可以通过与人交谈、用笔记录,或者借用艺术和音乐来表达。和他人分享悲伤也是可行的,重要的是请记住,你并不是孤单一人,况且悲伤不是你生活的常态。

重要的是请记住,不只是你有这种感觉,你不会总是感到如此悲伤。